KB065604

그 바람이 어찌 좋던지

빗방울화석 시선 5
그 바람이 어찌 좋던지

ⓒ손필영, 2016

초판 1쇄 2016년 12월 1일 펴냄

지은이 손필영
펴낸이 조재형

펴낸곳 빗방울화석
등 록 제300-2006-188호(2004.12.13)
주 소 경기도 파주시 교하읍 문발리 파주출판도시 535-7
전 화 010-3757-5927
이메일 kailas64@hanmail.net

ISBN 978-89-9600358-8 03810

이 도서의 국립중앙도서관 출판예정도서목록(CIP)은
서지정보유통지원시스템 홈페이지(http://seoji.nl.go.kr)와
국가자료공동목록시스템(http://www.nl.go.kr/kolisnet)에서 이용하실 수 있습니다.
(CIP제어번호 : CIP2016026447)

빗방울화석 시선 5

그 바람이 어찌 좋던지

손필영 시집

빗방울화석

시인의 말

22년째 백두대간을 타면서, 거기서 뻗어나가는 정맥에 맺힌 마을길을 걸으면서, 내가 누구인가 생각할 기회를 가졌다.

아르코 파견 시인이 되어 몽골에서 세 번의 여름을 보냈다. 끝없는 평원에서 무수히 넘은 지평선은 하나의 지평선이었다.

세 번째 시집을 낸다.

2016년 늦가을

차례

1부

지평선

초원 끝에
두 사람,
마주 달려가고 있다

비안개 속에 겹친다
뭔가 서로 주고 준다

안개 속에 다시 말을 타고
왔던 곳으로 다시 달린다

광활한 바람
사라졌던 지평선이 팽팽히 늘어난다

다르항*에서

밤새 불빛이 어른거리는 사거리에는
얼음과 바람,
통과하는 것은 어두운 그림자뿐이네요

길가엔 작은 개 하나 얼어 죽어 있고
검은 새들이 슬쩍슬쩍 내려앉네요

술 공장, 높은 아파트, 정적 쌓인 눈길

골목을 돌면 빈집, 허물어진 벽
벽으로 기어드는 햇살
휘돌아가는 바람, 잊힌 대로
잊고 사는 무너진 사람들

구릉 덮은 하얀 눈을 가르며
목부가 오토바이를 몰고 어워**로 오르고 있네요
말 떼들은 골목을 돌아 들판으로 줄지어 나가고요
햇살도 줄지어 쫓아갑니다

초원에 뜬 무지개

도시와 멀어질수록 풀빛
구릉과 만날수록 뭉게구름

헤를렌 강가에서 라면 끓이고
나착도르지*와 처이넘**
김소월과 윤동주를 이야기하면서
몽골 학자들과 가까워졌다.

(시는 사람 사이에 남아 있는
가장 근원적인 유적일까?)

가슴 두드리면서
초원을 뒤덮는 먹구름, 비
무지개, 무지개,

사람도 꿈도 지우고
 어느새 몽골학자들이 시인들과 함께 무지개 안으로
들어가 있다.

길도 지평선을 걸고
멀리에서 흘러와 무지개가 된다.

*   데. 나착도르지(1906~1937). 1906년 투브 아이막 에르덴 솜에서 태어났다.
러시아와 독일에서 유학하고 돌아와 몽골현대문인협회를 창설하고, 시·소설·
오페라 등 여러 장르에 걸쳐 창작 활동을 했다. 그의 대표작으로는 〈나의 고
향〉(시), 〈스님의 눈물〉(소설), 〈오치르타이의 세 사람〉(오페라) 등이 있다.

** 르. 처이넘(1936~1979). 헨티 아이막 다르항 솜에서 태어났다. 몽골에서
추앙받는 대표적인 저항 시인. 기자, 시인, 소설가, 화가 등 다방면에 걸쳐 사
회 활동을 하다가 1967년부터 사회를 비판한다는 이유로 1970년 비공개 재판
을 받고 4년 간 옥고를 치렀다. 시집에는 《젊은 시절》(첫 시집), 《사람》(장편시
제1집), 《사찰의 석탑》 등이 있고, 소설에는 〈흑화〉, 〈강아지〉 등이 있다.

새알
초원 1

초원길,
지평선 따라 피어오르는 향기
구름도 먼 지평선에 올라선다

(날아오르는 새들은 둥지를 찾을 수 있을까?
같은 풀밭, 같은 흙길, 다른 초원길에서)

달리던 흙길에서 벗어나
풀섶에 차를 멈추었다
풀잎 흔들리는 대로 흔들려보려고

자동차 바퀴가 멈춰 선 바로 앞에 새 둥지
초원 풀빛에 흙빛을 찍은 세 개의 알

풀 둥지 위를 두 마리 새가 가로지른다

초원 2

끝없는 초원,
구릉에 기댄 마을로 들어갔다.

매미는 쉴 사이 없이 울고
미루나무 그늘에서
차를 고치는 동안
아무도 보이지 않는다.

다리를 절뚝거리는 수캐 한 마리,
헉헉거리며 지나간다,
어떤 생명도 위로하지 않는 초원,
언제나 배경처럼 서 있는 초원,

풀 향기 속에 피 냄새가 스친다

초원 3

평원 저 끝에서 안개비가 달려온다. 끝없는 초원, 똑같은 초원, 시간도 멈춘 것 같다. 늪이 되어버린 초원길에서 헛바퀴 구르며 빠지는 자동차들. 끌어내고 빠지고 끌어내는 사이 하루가 노을 속으로 감춰지고 있었다. 멀리 끊임없이 석유 굴착기들 돌아가고 초원이 새빨갛게 타 들어갔다.

매닝평원*을 가로지르는 말,
'하루 종일 달려
불 켜진 게르에 들어가니
아침에 떠난 마을'

헛바퀴 돌던 차들 방향 잃고 달린다. 어둠 속에 누워 있던 가젤들이 헤드라이트에 쫓겨 방향 없이 허둥거린다. 내비게이션도 길을 잃었다. 어딜 가나 똑같은 어둠. 지워진 지평선. 중국행 송유차들이 깊게 파놓은 흙길을 따라가도 새까만 어둠뿐. 은하수도 멀리 돌아 흐르고. 초원은 깊은 숲이 되었다.

*　　동몽골에 있는 광대한 평원. 몽골 평원 가운데 유일하게 이름이 있다. 몽골인들은 일명 '끝없는 평원'이라고 하는데 하도 광활하여 방향감각을 상실하기도 한다.

라샹 바위*

비구름 쓰고 형체만 남은 산
구릉 위에 한 그루 나무

강물이 모이는 홀흐 강을 건너다
같이 오던 차는 흙탕에 빠졌다
라샹 바위 주변을 서성인다
심장 터진 차를 기다리는 동안 긴 들판은 어느새 물
웅덩이

바위 귀퉁이에 춤추는 샤먼이 지나간다
터키인들은 조상과 손자를 남기고
티베트 글귀는 우주를 향해 있다

바위마다 찍힌 말도장
너는 누구 것이야?
망아지야 바위야 구름아

* 헨티 아이막 비트시레트 솜에 있는 빈데르 산의 왼쪽 기슭에 있는 바위.
구석기 시대부터 중세기까지 동물, 사람 그림과 몇백 개의 도장 그림이 있고,
거란, 페르시아, 몽골, 티베트 등 20여 종류의 글자가 새겨 있다. 라샹은 '약
수'라는 의미이다.

게스트하우스

게스트하우스 6층,
노을이 슬쩍 방 안으로 들어온다.

자동차 후등에 반사되는 붉은 경적 소리.
어둑하다. 나랑톨 시장, 인파, 양꼬치 굽는 장작불,
변두리행 승합차, 떠날 때까지 외치는 차장들.

여덟 시. 휘몰아치는 한기와 먼지.

밤이 깊을수록
매운 풍경이 한 몸으로 압축된다.

이사 가는 개

풀꽃 타는 여름 끝
한나절 내내 초원을 달리다가
좁은 풀섶 길로 들어서자
양 울타리를 넓게 싣고 삼륜차가 주저앉아 달린다.
그 앞 삼륜차에는 아기 안은 가족이 가득

쫓아가는 두 마리 검은 개
축축하게 젖었다.

사냥꾼과 소년

지평선에 가물거리는 하얀 게르 하나.

스무 마리 늑대를 잡았다는 칼,
손잡이도 늑대 뼈,
사냥꾼 할아버지가 자랑스러운
볼 그을린 소년은 수태차를 들고 오고
어름*과 빵을 들고 오고
빈 몸으로도 들락날락 한다

돌아온 송아지를 초원으로 내 몰려고
말을 타고 달려 나갔던 소년,
고개 돌리니 돌아와 있다
웃을 듯 말 듯
지평선만 바라봐도
웅성거리는 사람들 말 사이사이에 끼어 있다

게르 앞에 사냥개도 덩달아 바쁘다.

* 우유를 끓여 식히면 위에 뜨는 굳은 고단백 덩어리.

보르기 에르기*에서 보내는 편지

테무진, 인공위성이 지구를 돌고 있는 지금, 팔백오십 년 전의 당신을 만나려면 이 언덕에서 열 사람쯤 줄 세워 건너야 될까요? 물안개에 피어오르는 헤를렌 강이 고요하고 신비롭다지만, 오늘은 햇살에 피어올라 싱싱한 꽃다발 같네요.

테무진, 보르기 에르기, 이곳이 미명 숨긴 새벽에 신혼의 당신이, 그러니까 당신에게 은빛 결혼식을 치루고 불을 지펴 차를 끓여준 사랑하는 보르테를 두고 도망갔다는 곳이지요? 보르테는 이곳에서 활을 잘 쏘는 부족들에게 끌려갔다지요?

목숨을 위해 도망쳤던 그때서야 당신은 비로소 남자가 되었나 봅니다. 적장의 아내가 된 보르테를 잊을 수 없었나요? 무너진 당신을 세우기 위해 가슴 디디며 블루초원까지 달려갔나요? 샘이 솟아오르는 평원에서 아내를 찾아오고, 아내의 배 속에 자란 메르키트족의 아이를 당신의 아이로 키운 테무진, 당신은 말을 타고 달

렸지만 땅을 올라 구름 속을 달리셨네요.

　테무진, 어깨 넓은 당신이 울란바토르에서, 수흐바타
르에서, 도르너트에서, 달란자드가드에서, 아르항가이
에서 한철 피고 지는 들숨 날숨에 기댄 풀꽃이라면 그
대로 지평선에 핀 향기로운 풀꽃입니다.

　테무진, 지구 밖 어딘가에선 이 언덕 꽃다발을 바라
보는 우리들도 보겠지요?

*　　보르기 에르기는 '물안개 일어나는 물가' 라는 뜻. 태무진가의 영지.

솜베르 솜 1

이른 여름 아침 햇빛이 따라오다
나무 그늘 사이로 숨었다

내몽골학자인가?
델을 입고 나와 몽골말로 발표*한다.
가라앉힌 중국 억양이 오르락내리락
정중하고 진지한 표정,

칭기즈칸을 놓고 젊은 고고학자와 노학자 사이 이견
이 오가고 긴 침묵,

긴장된 침묵에 싸여
이 마을에서 태어난 할아버지가 몸 세워 경청하고
있다.
피 얼룩 뒤덮고 자라난 초원에서
팔십 세가 되기까지 몇 마리의 양을 길렀을까?

세 나라 아니 네 나라 학자들 찍으려고 달려온 방송

국 차들

　내몽골 산에서 칭기즈칸을 제사 지내는 필름은 어떤 확신이 배경?

　국경 넘어온 뻔쩍이는 중국차들 옆에 오래된 몽골 차들

　흙바람이 지평선 넘고 넘어 평원을 끌고 언덕 위를 오른다.

　사람들은 앞이 들린 탱크 포에 둘러서서 이야기를 하고 있다.

　칭기즈칸을! 칭기즈칸을!

* 2012년 8월 14일에 '끝없는 평원' 끝의 솜베르 솜에 있는 할힌골 전쟁 기념관에서 몽골, 브리야트(러시아), 내몽골(중국), 한국의 학자와 작가 들이 모여서 칭기즈칸 탄생 850주년 기념 학술세미나를 했다.

탱크와 비누곽

솜베르 솜 2

솜베르 솜 할힌골 전쟁*기념관, 전시실을 가로막는 박격포 피해 안으로 들어서면 얼룩진 헬멧, 면도거품기, 비누곽, 끝없는 평원처럼 끝없이 울부짖고 찢어진 흔적들이 유리 진열장에 갇혀 있다, 칼을 들고 목을 치려는 일본군, 당신 같기도 하고 나 같기도 한 포승줄의 청년, 이제는 모두 지난 일이라고?

러시아인들 떠나고 빈 건물만 남은 마을에는
매미 울음,
올리아스 나무 그늘 길게 늘인다.

어린 소녀가 공동 수돗가로 물 길러 간다.
이어폰을 꽂은 채, 구름도 따라간다.
빈 거리엔 흙덩이, 따가운 햇살.

* 1938년부터 2차에 걸쳐 몽골(러시아)과 일본이 솜베르 솜이 있는 매넝평원 일대에서 벌인 전투. 일본군 3만 5000명이 희생되었다 한다.

외몽골 할아버지의 말

솜베르 솜 3

이제 이곳은 솜베르 솜이 아니라 할힌골 솜입니다.
인구가 줄어 두 솜을 합쳐 그렇게 부르지요.
달라진 것은 없어요.

아이들은 여전히 흙을 파고 흙 속에 집을 짓지요
제비는 줄지어 날고
언덕 위 전투지휘소에 노을이 져요.
달라진 것은 없어요.

　오늘 아침 중국으로 돌아가는 내몽골 사람들과 사진
을 찍을 때 말이죠. 우린 어쩜 그렇게 똑같이 웃었나 몰
라요. 그들이 햇빛에 덜 그을렸다는 것 빼고는 우리는
같았어요. 이제 그들은 왔던 길을 돌아 국경 너머 암가
랑*을 지나 초원 가득한 우리의 나머지 평원으로 돌아
가겠지요.

이곳은 구멍 난 바람의 길입니다.

솜베르 솜 4

연분홍 야생파꽃 벌판,
몇 킬로를 달려도 어서 따라오라고
햇살도 줄기차게
쏟아지는 연분홍 야생파꽃 벌판.

몽골인들은 역사도 전쟁도 잊고 술을 마신 다음 날은 가슴에 고슴도치가 있다고 해서 웃었지. 며칠 전 떠나올 땐 무얼 품었었지? 눌리듯 짐 싣고 왔던 길, 부이르 호수 따라 어둠 타고 왔던 길, 가져온 것 두고 돌아가는 길에는 야생파꽃 벌판이면 되지. 피 흘린 지역에 핏빛은 아니라도 연분홍 벌판이면 되지.

할흐 강가에서

지금 보고 있는 것은 할흐 강*
먼 부여에서 흥안령 산맥에서 흘러와
부이르 호수로 흘러드는 할흐 강

목 떨어진 가부좌 석인상이 어디를 향하는지 주변을
서성여본다. 초원 한가운데는 참비듬 군락, 그곳에 살
던 사람은 누구? 떠나기 위해 잠시 쉬었던 곳일까? 모
여 살기 위해 거처로 삼았던 것일까? 내 안에 흐르는 핏
줄기는 어디에서 와서 이렇게 흔들리는가? 자신을 찾기
위해 떠난 젊은이**가 아직도 떠나고 있다.

멀리 초원 둔덕 위에 쌓이고 흩어진
깨진 기왓장들에도 빛이 떨어진다.
과거는 미래로부터 오는 것일까?

* 대흥안령 남단에서 발원하여 부이르 호수로 유입된다.
** 주몽이 보술수에 이르렀다는 《삼국사기》 고구려 본기의 기록에 따라 몽
골의 학자 수미야 바타르는 비류수는 부이르 호수이고 홀승골은 할흐 강으
로 보고 있다.

나는 부이르에 간다*

부이르 호숫가
조개 어워를 찾아가는 길,

지평선을 넘어 국경 지대 검문소로 들어왔다. 출입
허가를 받는 동안 온 길을 뒤돌아본다. 초원을 가르고
허공에 매달린 것 같다. 사방은 정지. 움직이는 건 구름
뿐. 어느 날 이곳에 이렇게 서 있으리라는 것을 알았다
면 다른 마음을 갖고 왔을까? 지평선 앞에 침묵은 언제
나 생소하다.
　몽골 군인들과 면회 온 가족들은 밋밋한 구름처럼 떠
있다

가젤 떼 하얀 궁둥이로 달리는 평원,

뜨거운 평원을 달리면서도 늪지에 빠지고
다시 늪을 돌아
초원길을 달려 게르 하나 발견,
만나야 할 사람이 가까운 거리에 있다고 하였지만

10킬로 언덕 넘고 넘어 그 사람을 만났다,
어려서 부이르 호수 조개 어워에서 놀았다고 했다

바람이 흔드는 호숫가 모래 둔덕에 올라섰다
조개 어워는 사라졌고, 잘 닳은 하얀 껍질들

바이칼에서 내려온 사람이든
부여에서 내려온 사람이든
누구든 내 속에 있다

언제나 생소하게
나는 이동하기 위해 기다리고 있다.

*　　몽골 사람들은 "옛터로 돌아간다"라는 말로 쓰고 있다.

부이르 호수

구름 꽃잎 날리며 달려오는 바람,
바람에 쓸리면서 기다리는 노을,

부이르 호수에 이르자 초원을 돌려보내고 사람들은
붉은 호수로 뛰어든다. 몽골 사람도 한국 사람도 노을
에 감싸여 아이처럼 첨벙거리자 물살도 환하게 번진다.
호숫가 모래 둔덕에는 촘촘한 구멍들, 제비들이 노을에
싸여 구멍 속으로 들어간다. 호수와 노을과 제비가 안
고 있는 하얀 알

어느 사이 먹구름, 검은 하늘.
번개, 번개, 하늘 틈 사이로 쏟아지는 빛줄기. 멀리서
부터 천둥이 달려왔다 달려 나간다, 우르르르 잠시 모
인 혈족처럼.
길게 올라간 전봇대 위의 새 둥우리, 새들이 우리를
보고 있다.
사방의 입구를 열어놓고

흡수굴

숲속 나무 집에서 나와 멀리 호숫가를 걸어가 본다
아무도 없는 어스름. 비밀에 쌓인 공기
투명한 막

호수 한가운데 끊임없이 일렁거리는 것은?
푸른 호수 푸른 공기 푸른 하늘을 사르며

어젯밤 물새 떼가 소란스러웠다
떠나는지, 새벽까지
호수에서 올라오는 소리가 허공을 흔들었다

호수에 가느다랗게 푸른 줄이 올라선다
붉은 달, 수평선에, 하늘에, 호수에

세 개의 달 아래
나는 한 줄로 서 있다
달 아래 한 생을 거쳐온 무수한 시간들이
서로 비춰며 떠오른다

맑고 평온한 고독.

차탕족*

호수에 얼음이 풀렸다,
이끼 쫓아다니던 순록들이 더위에 지쳐
침엽수림 그늘에 기대어 있다
뾰족한 오르츠**에 사는 차탕족 가족은 순록에 기대
어 있다

아침 일찍 더 높이 올라가 이끼를 먹이고 내려온다는
가장은
순록들은 풀어주어도 소금 때문에 다시 찾아온다고
한다

순록처럼 몇 남지 않은 차탕족
더 이상 내려갈 데 없는 차탕족

---

*   차탕족.
**   오르츠.

고비 일기 1
홍그린엘스에서

황금빛으로 흘러가던 사구가 주홍으로 타다 스르륵 어둠 속에 묻힌다. 깜깜한 사방. 헤드라이트로 빛을 그으며 여름 사막을 달린다. 주위를 두른 침묵처럼 의식도 깜깜하게 내려갔다. 자동차가 갑자기 섰다. 앞을 막고 선 두 사람. 오토바이가 고장이 나서 사막 한가운데 서 있었다. 아버지는 수십 킬로 떨어진 학교로 아들을 데려다주러 길을 나섰다고 한다. 아무것도 보이지 않는 밤. 그들은 어둠 속에서 무슨 생각을 했을까? 은하수도 흐르고 별들은 총총한데 지상까진 너무 멀다.

고비 일기 2

사막 한가운데서 환풍기를 열어둔 채 흰 게르 안에서 열흘 밤을 혼자 지냈다. 누워서 환기구 창으로 구름도 별도 달도 바라보았다. 어느 날 밤 빛줄기 들어온 만큼 빗줄기도 들어왔다. 천장 덮개를 움직일 수가 없어 게르 안으로 들이치는 빗물에 마음도 적시며 잠이 들었다.

누가 내 환풍구를 가만히 덮어두었나 보다. 밤새 비가 내렸다. 문을 열고 해를 게르 안으로 들이자 젖은 초원이 따라 들어왔다.

낮에는 쨍쨍한 푸른 구름. 후두둑거리는 바람. 푸른 지평선 가물거리고.
칠흙으로 덮인 밤엔 하얀 게르가 알처럼 안겼다. 나도 안겨 푸근했다.

다리 강가[*]의 바람

찬바람 가시지 않은 아침부터 누가 부르고 있다. 잠자리를 털고 보이지 않는 소리 따라 밖으로 나가본다, 보이지 않는다, 호숫가로 호숫가로 이슬 흔드는 풀잎 털며 걸어가도 보이지 않는다. 아, 호수 옆에 서 있는 어수리 궁궁이. 하얗게 흔들리는 산다형 꽃잎은 어쩜 그리 같을까? 점봉산 초원에서 만난 듯, 강원도 도롯가에서 만난 듯. 멀리 알탕 어워가 햇살에 금빛을 쏘아대는 동안 다리 강가에서 만난 새도 꽃도 바람도 내가 온 곳에서 보낸 듯하다.

---

* 중국과 국경을 이루는 동몽골 수흐바타르 아이막(군)에 있는 호수. 시베리아에서 이동하는 철새들이 머무르는 곳이다.

2부

그 바람이 어찌 좋던지
매봉산에서

그 바람이 어찌 좋던지
사람들은 매봉산으로 가네

그 바람이 어찌 좋던지
온 산 뒤덮은 배추는 돌을 뚫고 오르네

그 바람이 어찌 좋던지
꽃이란 꽃은 보랏빛으로 피네

통리협곡[*]에서

미인폭포^{**}

단애,
자갈 박힌 붉은 진흙 길,
절벽에 뿌리 내린 나무 흔들리자, 바람이 분다

한 처녀, 꽃향기가 번진다. 붉은 진흙 길. 낙엽이 쌓
이고, 바람 불고 자갈이 박히고 물 세차게 흐른다. 바람
불고 한 청년이 다가간다. 처녀는 오랫동안 간직한 꽃
송이를 건넨다. 남자는 메마른 꽃송이를 도로 건네주고
가버린다. 그녀가 절벽에서 떨어진다. 폭포.

협곡을 따라 마흔아홉 번 휘돌아
오십천,
바다로 들어가는 세월,
오십천,
미인송 붉게 절벽을 돋우는 사이
그 아래 범의꼬리 물고 피어나는 구절초.
아, 아,

폭포 소리

오래 절벽에 붙어 있다.

*   태백과 삼척의 경계에 있는 협곡. 한국의 그랜드캐니언이라고 불릴 정
도로 역암과 사암과 이암이 단층을 이뤄 깊은 협곡을 이룬다.

**   백병산에서 흘러나온 물이 협곡에서 떨어져서 생긴 폭포이다. 물은 흘
러 오십천으로 흘러간다. 아름다운 여인이 자신과 어울릴 만한 배우자를 기
다리며 많은 구혼을 거절하다가 아름다운 청년을 보고 구혼을 하자 어느새
너무 늙어 거절당해 폭포에서 뛰어내렸다는 이야기가 전해진다.

통리역*

　뒷걸음쳐 올라왔던 기차, 기차는 중력을 밀어낸 만큼씩 협곡을 올랐을까? 땅 가득 찬 눈발, 문 닫힌 통리역에서 내가 걸어온 길을 생각해 본다. 뒷걸음쳐야 오를 수 있었던 길, 깎아지른 절벽.

　새 울음에 귀가 트인다.

　비인 선로
　다시는 만날 수 없는 얼굴들 스친다.

*　강원도 태백의 고지대 사북□고한을 잇는 해발 680미터에 있는 역으로 1940년 일본의 석탄 수송 기지로 건설되었다가 1963년 영동선이 개통되면서 스위치백으로 하루에 상행 하행 열다섯 번 기차 왕래가 있었지만 2012년 6월에 솔안터널 개통으로 문을 닫았다.

구문소*

가득찬 물, 용트림하던 물결은 바위산을 돌파하고 바닷길로 흘렀다. 석문 앞엔 하얀 소금 줄, 물결 따라 박힌 조개. 젊은 날엔 누군가의 눈으로 길가에 박힌 암몬 조개와 삼엽충을 바라보았다. 많이 알면 많이 느낄 수 있다고 생각했다. 지상의 끝에서 맨몸으로 다시 돌아와 물줄기만 더듬거린다.

노아, 새 눈으로 보는 석문
물덩이, 구름, 무지개

길섶에 핀 노란 꽃 하나
눈에 밟힌다

---

*   황지에서 발원하는 낙동강 상류가 구문소求門沼에 이르러 큰 산을 뚫고 지나간다.

대박등* 해바라기 밑에서

 탄광촌 빗물 깊게 스몄던 태백도 흘러갔다. 피재로
올라 세 물줄기 더듬다 소 울음소리에 젖어 해바라기
동산**에 올랐다. 마루금 햇살 줄기 타고, 밤바다 바람줄
기 타고 서리서리 투명한 해바라기는 초가을, 트랙터와
뒤집힌 흙덩이 속에서 피었다 졌다. 내 앞에선 언제나
몸도 꿈도 얼리는 햇살과 폭발하는 바람,

 대박등을 향해 숨을 고르자
 상수리나무 길게 그늘을 늘인다
 나 없이도 나를 잡아주던 손들
 돌아선 뒤에도 입가에 맴도는 미소

 쓰러지지 않으려고 나는 해바라기 밑에서 무엇으로
피었지?

 잘못 든 길에서 만난 어린 사스레 나무?
 날아가다 허공에 박힌 오목눈이?

*   가파른 절벽 능선 중 꼭대기를 의미하는데 '大峙'은 대배기(꼭대기를 의미하는 경북 방언)의 이두식 표기로 여겨진다고 한다.

**   한강, 오십천, 낙동강으로 물이 갈라지는 삼수령인 피재에서 해바라기 동산, 대박등, 유령산, 통리협곡으로 이어지는 태백의 낙동정맥 시작 지점.

갈등재*

    증조할아버지는 동해 평해平海에서 갈등재를 넘으
셨다.

    일월산** 밑, 오리재 노루모기. 일본 순사를 피해 신
선 바위를 오르내리시던 증조할아버지. 화전민으로 흙
벽 흙바닥에서 갈등재를 밟고 일월日月에서 멀리 멀리
올라갔던 아버지. 사람 속의 많은 길은 몸을 죽여야 비
로소 길이 된다는 할아버지처럼 아버지도 나던 길 몰아
허물어진 돌담을 끼고 다시 평해로 돌아가셨을 것이다.

    돌아가는 것은 몸만 지우는 걸까?
    몸에 남아 있는 기억은 어디로 갈까?

    물푸레 잡목 숲을 지난다, 갈등재 낮은 능선도 머리
숙이고 높게 오르시던 아버지를 피해 마른 목 빳빳이
세워 오십 년을 지내는 동안 나는 어느새 생각을 지우
려고 몸을 죽이고 있었다. 할아버지와 아버지를 흘려보
내야 내가 되는 건가?

나는 아직도 할아버지와 아버지가 쉽게 넘던
몸 하나 넘지 못했다

*   태백 매봉산에서 내려와 덕재–한티재–갈등재로 이어지는 구간으로 영
양 일월면과 수비면을 연결한 백두대간 고개이다.
**   1924(갑자)년에 '하늘이 겨우 보이고 땅이 감춰진 일월산日月山' 선유암仙
遊巖에 영덕, 청송, 안동 일대와 울진, 강릉, 횡성 일대의 인물들이 모여 비밀
결사(三一民族精神發揚同志 日月山仙遊巖同志會) 활동을 하다가 일제 말기에는 그
모임을 詩會로 위장하여 《선유암시》라는 작품집을 출간하기까지 했다(박종혁,
《선유암시》, 국민대학교출판부, 2006, 9~11쪽 참고).

낙동강

구담습지 파헤쳐진 모래구덩이 옆으로
아직 맑은 물길이 얇게 흐른다
말조개가 길게 줄을 긋고 간다
아기 수달 따라 에미 수달 발자국도 지나간다

조금 위로
말조개가 긋고 가던 말조개의 길이
햇빛에 말라 비틀어져 끝이 난다

아기 수달도
물길도 보이지 않는다

무학산* 까마귀

생강나무인가 산수유나무인가
너덜 지대를 오르는 동안
돌 구르는 소리에 노란 꽃 피어난다
최치원이 불러온 학들 안개에 숨고
잎 트지 않은 나무들
미끄러지며 휘젓는 손 잡아준다

안개 속 서마지기 능선**에 올라서자 벼랑이 둘러치고
까마귀 한 마리 날아와 깊이 속삭인다

'안개에 싸여야 벼랑을 무사히 지날 수 있어요'

---

*   마산에 있는 낙남정맥. 최치원이 산의 형세가 학이 춤추는 모습과 같다
고 하여 무학산이라 한다.
**   정상에 있는 능선 이름.

인도 기러기*

매화꽃 벙그는 삼월, 하얗게
낙동강 흐르고 빛줄기 내리고

김해의 일요일은 가야 고분 터 공원에 모여 있다. 뛰
어다니는 아이들, 멀리 크리켓을 하는 인도 청년들**, 그
들은 가야의 첫 왕비를 알고 있을까? 김해 김씨의 어머
니가 인도인이라는 사실을? 김수로 왕과 허황옥은 기러
기처럼 살다 기러기로 돌아갔을까?

신어산 물고기***는 얼마나 멀리까지 김해평야를 밀
어내며 바다로 가려 했을까? 천구백 년 동안 그들을 따
라온 말****은 아직 온기를 띠고 있다.

공이 굴러 내 앞을 지나간다,
내 초라한 웃음에 이 땅의 말에
미소를 보내는 인도 청년들
내 앞에 환하게 평야가 들어오기 시작한다.

*   몸길이 72센티, 몸무게 1.8~2.9킬로그램의 중간 정도 크기의 몸짓이 가늘고 품위가 있다고 한다. 번식을 위해 이동하는 철새로 인도에서 8000미터 히말라야 산맥을 넘어 중국 서부에서 겨울을 나고 돌아간다. 금관가야의 무덤에서는 부장품으로 흙으로 구운 기러기와, 작은 새를 투각하여 사면을 두른 긴 가리개 같은 것이 여러 개 출토되었다.

**   야구와 비슷한 운동으로 영국의 식민통치로 인도에 전해져 지금은 인도의 대표 스포츠가 되었다. 김해에는 이주 노동자 포함 외국인 1만 7929명 (2015년)이 살고 있다.

*** 낙동강에 맞닿은 낙남정맥의 끝부분. 허황옥의 오빠 장유화상이 신어산 神魚山에 사찰(은하사)을 세웠다. 물고기는 인도 야유타국의 상징으로 수로왕릉 출입문 위에 그려진 탑 주위와 은하사 문 위에도 그려져 있다.

****인도에서 시작된 쌀 문명과 함께 전파된 인도어 '사라', '브리히', '니바라'가 우리말 쌀, 벼, 나락 등에 그대로 남아 있다.

유수교*를 건너면서

실봉산에 올라
늦여름과 초가을 사이로 낙남정맥 길을 걷습니다.
군에 간 아들이 기상나팔 소리와 함께
구보하고 유격하고 기합 받는
건너편 능선을 바라보는 동안
앗, 길이 다리를 건너야 하는군요.

저 아래 공룡 발자국 옆에는
가물가물거리는 아들 발자국.

길게 다리를 건너 솔티재를 넘습니다.
트럭이 군데군데 나락을 쏟아놓습니다.
허리 꼬부라진 할머니가 나락을 길게 펴자 길이 흘러
가고
식솔들 떠난 길도 마른 수면에 흔들립니다.

유수교를 건너면서
내가 걷는 길에는

아들 발자국이 찍힙니다.

스치는 향기

화원 마을에서 실봉산*을 오르려고 감나무 과수원을 지나면 길은 처음으로 돌아온다. 입 벌린 밤나무 골짜기를 가로질러 양지바른 능선으로 올라서도 길은 접혀 처음 그 자리. 몇 걸음 옮길 때마다 얼굴에 감아드는 거미줄, 어룽거리는 잔가지. 엉킨 잡목 사이를 풀어 나오면 다시 마을. 참새들이 줄지어 앉아 있다 폴폴폴 벽에 가 붙는다. 바뀌지 않는 풍경 속에서 어릴 때 놀던 친구들이 뛰어나올 것 같다. 트랙터 몰고 가는 아주머니가 주름 지우고 쳐다본다. 스치는 탱자 냄새.

어느새 마을 뒷동산은
마을만 남고
산은 멀리 물러갔다

---

* 태봉산에서 진주를 지나가는 낙남정맥 구간.

계양산*

계양산은 산길로 오르지 않고 나무 계단으로 오른다
무덤 이장 공고문을 읽으면서
무너진 성벽 위로 이어진 길

사방
안개, 우뚝 선 아라뱃길
가을빛 어른거리는 김포평야

팥배나무 열매 요동치는 사이
계양산을 주머니에 넣고 내려온다
책상 위에 올려놓고
노을 속으로 살짝 밀어본다
계수나무 옆에 계양산이 서 있다

---

* 인천시 계양동에 있는 산으로 한남정맥의 한 줄기이다. 계수나무와 회양나무가 많다.

데미샘*

하얀 까치수염 끝이 파르르 말리는 사이
너덜 지대에 돌이 구른다

돌이 구르면 어디로 갈까
같이 놀던 아이들 자라서 떠나가는 것처럼

마을마다 순 감아올리는 햇빛

돌들이 섬진강을 따라 광양만으로 남해로
동그랗게 흘러드는 동안
산 뿌리 녹은 물은 쉬지 않고 솟아오른다.

* 섬진강 발원지.

덕유산 자락

노을 사이 마지막 푸른빛이 스치자
능선 감싼 구름이 새 떼처럼 날아간다

투명한 공기에 젖어 덕유산 자락 기웃거리다
산 그림자에 안긴 집으로 들어간다
도시를 떠나 산 밑에 이불 널고 사는 사람들

집을 가로지르는 산물, 발목을 휘감자
모든 소리가 사라진다
어둠을 타고
뻐꾸기 울음 방 안으로 들어와 맴도는 사이
사람이 산에 기대는 줄 알았는데
산이 사람에 기댄다

영취산에 올라

온통 하얀,
눈 덮힌 산등성을 오른다. 길을 내기 위해 찍어둔 발자국
그 발자국에 꼬옥 발을 찍는다, 무릎까지 올라오는 눈더미들
스치듯 흔적을 남긴 작은 숨붙이들 어디선가 보고 있겠지?

나뭇가지들 붙잡고 무거운 몸을 밀어 올린다
나무들 몸서리친다
고요하던 눈 알알이 분산된다

정상에 서서 장안산을 안고 얼룩말처럼 달려나가는 정맥 능선을 본다
정상에 서서 육십령으로 덕유로 올라가는 흰 줄기 능선을 본다

두 산줄기 사이에서

넘어지지 않으려고
발 앞만 보는 사이
대간도 정맥도 사라진다

대관령 옛길

대간길 국사당 옆에
까마귀 한 마리, 목이 쉬었다.

언제부터 걸었을까?
혈통을 세운 김유신이 넘다 산신이 된 길
혈통을 버린 범일국사가 성황신이 된 길

굿을 준비하는 산신각, 덩덩덩 재궁골
비난수하는 손바닥에 모인 바람, 부는 바람 타고
높은 바위 대간 줄기 따라 흘러가는 동안
나는 대관령 옛길로 내려간다.

길 버린 매월당이, 어머니 장례 치룬 신사임당이
가며가며 뒤돌아본 길

반정으로 내려서는 구름
떠오르는 만큼
바다를 띄워 같이 걷는다,

서어나무 숲. 나무마다 흰 줄무늬, 색 바래고 줄기 불
거진 상처, 흙덩이 무너진 허공에 솟구친 뿌리.

살아내기 위해 걷는 동안에도
고속도로 찻소리 바람 소리 물소리 개구리 울음소리
길 잇다 지운다.

숨기운 끊이지 않으면
저기 양지바른 쪽에 노란 제비꽃 한 무더기 피리.

고직령*을 오르며

참새골 지나 길 끝에서
일어서는 땅
생나무 집고
마른 나뭇가지 잡으면서
몸 구부려 옆으로 숨 몰아 오르면
연보랏빛 야생화가 반짝인다

이슬 털고 능선 따라
잡풀 터널 속으로 들어간다
황톳빛 그늘이
멧새 울음도 휘감는다
천제단으로 오르던 관리들 피해
소금 지고 넘던 이들이 앉았다 갔을까?
아무도 넘지 않는 고갯길

문 닫힌 산신각 옆에
아그배가 떨어진다

---

*　백두대간 고개. 춘양에서 태백산 천제단에 가려고 넘었던 곰넘이재 아
래에 있는 "높고 곧은 고개"로 천평리와 애당리를 이어준다.

보구곶[*]

칠장산에서 문수산까지
나는 숨길로 오지 않고 산길로 왔다.
마루금 밟고 나뭇가지에 숨소리도 걸어보지만
대간을 타고 목숨을 걸지도 않았고
정맥을 타고 사람을 품지도 않았다
강 건너 황해도 월암을 보면서 내 밑바닥부터
몰아왔던 길을 내려놓기 위해 보구곶을 찾았다.

보구곶은 갈 수 없고, 철조망
수숫대에 걸린 농로가
철책을 따라 평행선을 긋는다.

어느새 바다를 사이에 두고
노을이 들어왔다 나가고
남북 초소에 어둠이 들어온다.
이 땅에 산다는 것은 무엇인가,
마침내 나는 나에 쫓기기 시작했다.

*   칠장산에서 흘러온 한남정맥이 문수산을 지나 바다와 만나는 지점이다.

3부

설산 가는 길

바람이 휘감는 황량한 고산길,
구름이 휘감는 거대한 눈덩이,

만년설산* 거꾸로 서 있는 호수에 들어앉았다가 구름
따라 일어선다, 가슴 베이며
빙하 물에 밀릴수록 설산에서 멀어진다. 빙하 물길
따라 흔들리는 풀꽃들.

하얀 솜 조각 꽃잎
빙하 물에 물든 새파란 꽃잎,
손톱보다 작은 수만 꽃잎들
한 잎 한 잎 다른 빛을 뿜어내고 있다.

계곡에 넓게 퍼진 빙하 물을 건넌다, 잠긴 발목에 얼
음이 배긴다. 풀꽃 스친 바람이 달려와 핥아준다, 온몸
타고 오르는 찌릿한 기운. 내 발이 뿌리? 풀꽃처럼 피라
고요? 보는 이 없어도, 제 빛을? 얼음물에?

* 알타이 산맥에 있는 '영원한 산' 이라는 뭉흐하이르 항 산(해발 4200미터).

알타이 동굴에서

알타이 산맥 한가운데
산줄기 겹겹 모아지는 곳으로 들어선다.

어디서 본 듯한 할머니와 딸이 알려준 산으로 가본다.
오래된 그림이 많다는 돌산, 가파른 바윗길도 단숨에
오른다.
석질만 남은 산 위 동굴, 부서지는 방 같다.

동굴 안에는 새 깃털이 먼지처럼 날린다. 맘모스도
공룡도 없다. 그림 떠 간 데마다 빤질하다. 새로 그려진
시조새도 표범도 미끄러질 듯하다. 그림 그리던 손길도
미끄러져 동굴에서 동굴로 옆구리로 터져 나간다. 내
몸속에 들어와 있던 기운에 싸여 나도 미끄러져 나간
다. 사라지는 내 흔적들. 무얼 기대하며 알타이 동굴에
왔던가? 처음부터 나는 거기에 있었고 처음부터 거기에
없었다.

먼 쳉헤르* 강줄기,

물이 세차게 흐른다.

바로 밑에는
모래흙 줄이 흐르고 엷은 모래가 널리 펴진다.

아침 새 떼

누런 밀 턴 밭고랑마다 반짝이는 서리,
샤르트르 성당* 가는 길,

평원을 넘어도
수천 마리 작은 새 떼들
같은 모양으로 앉아
가슴에 아침 햇빛을 받는다.

이끼 긴 돌계단 따라 올라가면 침묵으로 높이 솟은
삼나무 담장 안 성당, 스테인드글라스를 통과한 햇살이
어두운 기둥 사이사이를 휘돈다, 가운데 바닥엔 쇠로
된 원형 길, 땅 밑 물길을 바꾸려고 새겨놓았다고? 물
길, 기어온 사람들 살아갈 길을 바꾸었을까?

새 떼가 평원을 들어 올리자
가슴의 빛이 지평선 위로 날아간다

* 프랑스 외르 강 왼쪽의 보스평원에 있는 고딕 양식의 성당. 성모마리아
의 수의가 있다고 한다. 마리아를 기리는 장미로 상징되는 스테인드글라스가
아름답다. 문맹으로 성경을 읽을 수 없었던 수많은 순례자들이 현실을 뛰어
넘기 위해 무릎으로 기어 이곳을 다녀갔다고 한다.

휙휙 새들 날아가고
갈릴리에서

출렁이는 바다처럼 푸른 갈릴리 호수 언덕에는 햇볕 바른 팔복교회도, 물가에 바위처럼 앉은 베드로교회도, 회당 옆 베드로 장모 집도 모두모두 모여 있다. 어부들 흔들던 풍랑, 예수가 걸어간 물살, 보리떡과 물고기를 나눌 때 내리쬐던 햇살.

가난한 목수가, 가난한 어부들이, 가난하고 병든 사람들이. 가난하고 가난해서 부드러운 바람, 가난한 내가 초라한 마음으로 서성거린다. 거기서 맴돌기만 하면 나인 듯 행복한 듯. 순전한 입김을 맞이할까?

흙의 숨결
쿰란*에서

푸른 사해를 둘러싼 모래 흙덩이들
땅 위에서도 바다 밑 405미터는 사해
짠 물 졸이는 따거운 바람 타고
푸르게 흩어지는 햇살

흙덩이 사이로
잉크와 양피지와 의자와 책상만 남기고
몸과 마음을 지우는 물,
바람에 기댄 햇살

경건한 말, 항아리에 담긴
어둠 몰아내는 촛불
광야에 서면
흙덩이도 파장을 보내온다

흙인지 사람인지
마구 얽힌 내가 부서지고 있다

*   서기전 150년에서 서기 68년 사이에 엣세네 집단 공동체는 사해가 내려
다보이는 이곳 광야에서 물로 씻는 정결예식을 하면서 성서 연구와 성서 필
사를 하였다. 1947년 이곳 동굴에서 발견된 항아리 속에는 구약성서가 기록
된 양피지가 보관되어 있었다. 이 사본은 서기 1008년에 기록된 레닌그라드
사본보다 1100년이나 앞선 것으로 지금까지 발견된 성서 사본 중 가장 오래
된 것이라고 한다.

마가의 다락방에서

이탈리아 밀라노
작은 성당 식당에
최후의 만찬을 보려고
얼마나 많은 애를 썼던가?
오늘 올라간 곳은
예루살렘 성 남쪽 마가의 다락방,
텅 비어 기둥만 남아 있다.

최후의 만찬
빵이 그리스도의 몸이 되던 그 밤,
다시 다락방에서 구운 생선을 드시던 밤,
실상, 그 밤
레오나르도 다빈치는 마가의 다락방에서 무엇을 봤
을까?
희생과 배반으로 둘러싸인 식탁을?
피와 순종으로 빛을 기다리는 눈빛을?

실상을 놓아두고 허상을 그려야 예술가가 된다?

나는 실상을 쫓고 싶어 시인이 될 수 없다?

실상보다 허상이 더 감동을 준다는 건 인간의 욕망?

베들레헴*에서

태초의 말씀이
몸 입고
우리에게 영혼을 돌려주기 위해
연약한 아기로 오신 곳,

신앙인도 일반인도
허리를 굽히고
몸을 깊숙이 숙여야 들어가는 아기 예수 탄생 동굴.

피 흘려
빵으로 찢으시는 예수
베들레헴,
빵을 위해 사는 나
베들레헴,
나는 내 뒤에 길게 줄 서서
동굴 밖으로 나오고 나온다

* 빵 만드는 곳이라는 의미로 실제로 인근에 밀밭이 많아 이곳에서 많은
빵을 구워냈다.

도라지꽃

장맛비가 몰아친다.
흰,
도라지꽃 쑤욱 올라와 있다.

이천오백 년 전, 그보다 오래전 이집트 소녀는 손가락으로 얼굴을 받쳐 들고 먼 곳을 응시하곤 했지. 루브르에서 본 그 소녀처럼 학창 시절 반 아이들도 손으로 얼굴을 받쳐 들었지. (새가 날아간 곳으로?) 보일 듯 말 듯한 미소.

뜨거운 피가 자라 희끗해진 머리카락, 삼십삼 년 만에 만난 소녀들은 밀어둔 보따리를 푼다. (새를 따라 가고 있을까?) 얼굴을 받쳐 들고 장대비를 본다. 불쑥 불쑥 도라지꽃들,

피어오른다, 단 한 번
먼 곳에서
달려오는 빛을 향해 마주 달려 나가려고.

바오밥나무

마다가스카르 모론다바로 가는 구름 위에서 내려다
보면
　초원 가운데 우뚝우뚝
　솟아오른 희뿌연 전봇대 같은 바오밥나무.
　꼭대기에 비행접시같이 둥글게 퍼진 가지를 높이 올
리려고
　크고 긴 줄기로만 서 있는 바오밥나무.

　저녁 햇살에 실려
　물닭이 헤엄치는 늪가
　바오밥 그림자도 오렌지빛으로 잠기자
　송아지들은 줄지어 돌아오고
　웃음 따라 아이들은 뛰어오릅니다.

　바오밥나무는 움직이지 않고
　어느 날 구름 속으로 사라진 자들을 위해
　향긋한 아이들 숨결로
　먼 우주로 교신 보내고 있군요.

템스 강가에서

하얀 입김, 새해를 따라 보신각 종소리 길게 구름을 타고 달려오는 사이, 착각의 일 년, 런던에서 기다리는 종소리.

뚝 뚝 35미터 분침 빅벤, 템스 강은 달빛 구겨 반짝이며 웨스트민스터 다리를 스친다. 웨스트민스터 사원에 누운 헨리 7세 따라, 메시야를 부르던 헨델도, 웨스트민스터 다리를 노래한 워즈워스도, 반전 시인 오든의 평화도 사라졌다. 12월 습기 쓰고 빨갛게 핀 제라늄이 사라지기 위해 흔들린다.

깊은 바다 따라 흐르던 새끼 청백돌고래는 종소리를 초음파 소리로 들었던가? 이마 찍히고 코피 흘리며 거슬러 강을 오르다 죽었다. 그해의 마지막 분침은 다른 날을 불러오리라는 확신으로 물길을 잡고, 종소리와 종소리 사이에서 나는 한걸음도 더 나가지 못하고 있다.

흰 싸리

얼마나 눈을 맞았길래
저리도 하얄까?
봄꽃들이 쏟아내는 빛에 홀려
거리 초입에 앉았다
하얀 별꽃, 작은 풀꽃에서도 봄이 터져 나온다

바람 따라
싸리 줄기 휘두르다 손수건처럼 펄럭인다
꿀 먹은 것처럼 어지럽다.

우이령을 걸으며

같이 간 친구는 엽전 하나를 줍는다,
'상평통보'
원산으로 넘어가던 보부상이 흘렸나?
우리 집 앞 혜화문을 나와 삼양동 빨래골을
지나 고개 넘어 양주, 연천으로 가려던 선비가 흘렸
나?
물과 바람만 지나갔다고 노란 제비꽃 양지에서 흔들
거린다

오봉 이고 있는 도봉산 자락이 스친다
유격 훈련장 자리 잡은 대로
도봉산도 삼각산도
서쪽에서 동쪽도, 동쪽에서 서쪽도
막힌 채로
북쪽에서 남쪽도, 남쪽에서 북쪽도
막힌 채로
은방울꽃, 용담, 끈끈이주걱, 사방이 막힌 여름이 온다

단둥*에서

아침보다 먼저 일어난 아기들. 중국말이 귀에 설어도
호텔 복도가 옹알이로 즐겁다. 아기들을 어르는 할머니
할아버지 목소리 따라 스피커 노래도 아장거린다.

어젯밤에 마주친 표정 지운 북쪽 사람들
다시 마주친다, 복도 양끝에 무겁게 내려쳐진
커튼 같은 침묵 사이를 드나드는 아기들
태어난 그대로 누워 있는 아기들
안아주는 체온도 없이
얼러주는 노랫소리도 없이, 아기들
줄줄이 누워 기다리고 있다.

얼음 도는 방바닥

---

*   신의주와 압록강 철교로 연결된 중국 도시. 북한 요원들이 '외화벌이'를
위해 많이 나와 있다. 조중박람회가 해마다 열리는 곳이다.

물결과 아이들

아침 햇살에 몰려나온 아이들,
물결 기울이다 달아나는 모래밭에 반짝,

손바닥으로 두드린 모래성에도 밀려 들어와 스미는
물결, 쓰윽 내려가는 발 끌어 올려도 보이지 않게 내려
가는 아이들, 물결이 다가갈수록 아이들은 자꾸 모래
밑으로 내려가고 물결은 모래밭을 넘지 않으려고 안간
힘을 쓰면서 아이들 숨소리를 듣습니다. 수평선이 잡아
당길 때까지.

사월 하순

복사꽃잎이 날리는 사이에도
피어오르는 봄꽃들

어깨에 내려앉은 봄기운에 실려
가볍게 인파를 헤치며 걸었다

　누군가 하얀 상자를 두 손으로 받쳐 들고 어두운 지
하철을 올라와 인파로 들어오고 있다. 인파를 가를 때
마다 밀려드는 봄빛 한 줌.

시는 사람 사이에 남아 있는
가장 근원적인 유적일까?

—손필영 제3시집 《그 바람이 어찌 좋던지》 해설

방민호

1.

일찍이 해방 직후 《청록집》을 낸 시인 세 사람—조지
훈, 박목월, 박두진. 이 셋 가운데 박두진은 연세대학교
교수로 있었다. '그로부터' 이 시대의 이인異人이라 할
신대철 시인이 세상에 나왔다.

신대철 시인은 지금까지 《무인도를 위하여》, 《개마고
원에서 온 친구에게》, 《누구인지 몰라도 그대를 사랑한
다》, 《바이칼 키스》 등의 시집을 냈다. 첫 시집이 1977년,
두 번째 시집은 2000년이었다. 긴 간격 때문에 세상이
그를 잊을 만도 했다. 그러나 지금 그의 존재는 세상에
환히 알려져 있다.

신대철 시인은 이인처럼, 야인처럼, 또는 산인처럼 살아가는 사람이다. 문단이란 먼 소문일 뿐이요, '빗방울화석' 동인들과 함께 산, 곰배령을 찾고, 백두대간과 정맥을 타고, 몽골 초원을 답사하는 자신만의 삶을 살아간다.

바로 그로부터 손필영 시인 같은 또 다른 숨겨진 존재가 시의 싹을 틔웠다. 희곡에서 출발한 손필영 시인은 《조선일보》 1999년 신춘문예 시 부문에 당선된 후 오랜 정련을 거쳐 첫 번째 시집 《빛을 기억하라고?》(2008), 두 번째 시집 《타이하르 촐로》(2012)에 이어 이번에 세 번째 시집을 펴내기에 이르렀다.

북한산 정릉 밑이 신대철이나 손필영 같은 시대의 은인隱人들의 산채다. 이들은 이들만의 시간 감각으로 세상을 상대한다. '산 너머' 서울과, 이 은인들의 서로 다른 시간의 리듬 탓에, 그들의 존재가 귀함을 아는 이들이 아직은 충분히 많지 않다. 그럼에도 눈 밝은 사람들은 어느 때나 어느 곳에나 있다.

시단에는 계보나 계열 같은 것이 있다. 시인들 한 사람 한 사람은 더할 수 없이 개성적 존재다. 그들 각자의 삶을 살아가며, 자신만의 시 세계를 쌓아나갈 뿐이다. 그래도 넓게 보면 그들을 연결하는 궤선을 그릴 수 있다. 그럼으로써 어떤 특정한 사람의 시를 더욱 깊게 이

해할 수 있게 된다.

해방 후 한국 시단의 큰 맥을 형성한 사람들이 있다. 청록파 3인과 서정주가 그 중심적 존재였다. 그들로부터 많은 시인이 출현했다. 박인환이나 김수영 같은 또 다른 '평지돌출'도 있었다. 박두진 문하에서 성장한 신대철 시인을 1968년 《조선일보》 신춘문예에 당선시킨 사람은 그해에 돌연히 세상 떠난 김수영이었다.

어떤 계선들은 서로 만나기도, 합쳐지기도 하고, 또 그에 속한 어떤 사람은 전혀 다른 곳으로 '삐져나가' 혼자만의 돌올한 세계를 이룩하기도 한다. 이 모든 흐름 속에서 끝내 존재의 빛을 잃지 않는 사람이 있게 마련이다. 어떤 경우에도 '시혼'을 잃지 않고 자신의 길을 만들어 나가는 사람이다.

2.

손필영 시인에 대한 필자의 관심은 이와 같은 맥락에서다. 과연 그는 정릉 산채의 '구성원'답게 은인 중의 은인이다. '본령' 정계를 이루는 사람답게 가볍게 호소하지 않고 세속 시계에 자신을 섣불리 맞추려 하지 않는 미덕을 지녔다. 그런 그녀는 자기 안에 어떤 시의 '미래'를 품고 있는 것일까. 시에 관한 그녀의 생각이 드러나는 곳에서 이야기를 시작해보도록 한다.

이 시집에 실린 한 시에서 괄호 안에 묶여진 다음의
한 구절을 발견할 수 있다.

> (시는 사람 사이에 남아 있는
> 가장 근원적인 유적일까?)
>
> ―〈초원에 뜬 무지개〉 부분

시는 "유적"과 같은 것일지도 모른다는 이 구절은 평
범하게 들리지 않는다. 과연 그렇다! '시는 사람 사이에
남아 있는 가장 근원적인 유적이다.'

이 시대에는 시로 하여금 "유적"보다 활물이 되도록
애쓰는 시인들이 많다. "사람들 사이에" "가장 근원적
인 유적"으로 남아 '대문자大文字'의 시로 존립하게 하기
보다 몸부림치고 애소하도록 하는 시인들이 너무 많다.
이 안쓰러운 몸짓으로부터의 거리 두기. '조직화, 서열
화, 상업화'의 속된 추세에서 벗어나 자신만의 시 세계
를 축조하고자 하는 의향이 이 시집에 담겨 있다. 이 시
집에 나타나는 먼 곳들은 따라서 바로 그 "유적"의 의미
를 지니고 있다. 이 시집을 좀 더 가깝게 읽으려면 이 시
인이 오랜 시간을 들여 찾아간 그 "유적"들의 면면부터
살펴보아야 한다.

이 시집에는 그 유적의 이름이 많이 등장한다. 먼저 다르항. 그곳은 "한때는 보드카 공장이 있어 제2의 도시였으나 소련이 붕괴되면서 많이 위축되었다"(《다르항에서》). 또, 매닝평원은 "동몽골에 있는 광대한 평원. 몽골 평원 가운데 유일하게 이름이 있다. 몽골인들은 일명 '끝없는 평원'이라고 하는데 하도 광활하여 방향감각을 상실하기도 한다"(《초원 3》). 다음, 라샹 바위는 "헨티 아이막 비트시레트 솜에 있는 빈데르 산의 왼쪽 기슭에 있는 바위. 구석기 시대부터 중세기까지 동물, 사람 그림과 몇백 개의 도장 그림이 있고, 거란, 페르시아, 몽골, 티베트 등 20여 종류의 글자가 새겨 있다. 라샹은 '약수'라는 의미이다"(《라샹 바위》). 또, "보르기 에르기는 '물안개 일어나는 물가'라는 뜻. 테무진가의 영지"(《보르기 에르기에서 보내는 편지》)다.

이런 먼 곳의 이름들이 이 시집에는 더 많이 연이어 등장한다. 암가랑은 "몽골 국경 지대에서 바로 보이는 내몽골의 도시"(《외몽골 할아버지의 말》). 또, 할흐 강은 "대흥안령 남단에서 발원하여 부이르 호수로 유입된다"(《할흐 강가에서》). 이 시집은 사람들에게 낯선 곳, 미지의 땅의 이름을 계속해서 제시한다. 부이르 호숫가, 훕수굴, 차탕족이 사는 땅, 고비사막의 홍그린엘스, 다리 강가 등등……

시인이 이렇게 짚어가는 곳들은 저마다 분명 이 지구 위의 일점 혹은 일선을 이루는 장소들이다. 하지만 세상에 널리 알려져 있지 않다. 고유 지명을 가진 실체로되 직접 경험하지 못한 곳들이다. 이 때문에 그들은 읽는 이들에게 일종의 환각적 경험을 선사한다. 우리가 알지 못하는 곳, 그러나 분명 그곳에 있는 곳, 우리의 세속적 삶의 한계를 '지시'하는 곳으로 그 장소들은 존재한다.

시집을 통해 볼 때, 그곳은 '우리'의 '외부' 세계에만 있지 않다. 통리협곡과 통리역, 구문소, 갈등재, 실봉산, 태봉산, 유수교, 계양산, 데미샘, 고직령, 보구곶 같은 곳들과 만날 때, 우리는 각자가 알지 못하는 곳의 이름의 실체를 헤아리려 애쓴다. 현실이라는 관념에 대한 시인의 의문부호를 의식하게 된다.

비록 이 지구 땅 안에서이지만 광활하게 펼쳐진 땅, 산과 강과 호수와 초원, 그곳 어느 모퉁이에 명백히 존재하는 것들과 사람들의 존재는 우리들의 삶의 감각을 시험대에 올린다. 그로부터 '지금, 이곳'에 시선을 집중하라는 '현실 원칙'의 권능에서 서서히, 비에 옷이 젖듯이, 벗어날 수 있는 가능성을 얻는다.

3.

　손필영 같은 시인에게, 시적 화자와 시인은 같은 존재가 아니라는 현대시 개론적인 논리는 여간해서 '먹히지' 않는다. 때로 그 자신도 그런 착회를 범할 때가 있겠지만 말이다. 이 시집은 시인이 '실제로' 찾아다닌 먼 곳의 장소들과 그들과 함께하며 빚어놓은 사유의 기록이다. 그렇게 실제로 본 것, 만지는 것, 느끼는 것 속에서 시인은 자신만의 생각의 흐름을 만들어 이어간다.

　끊어지는 듯 이어지는 긴 사유의 여정을 통하여 독자들의 고정된 위치 감각에 의문을 표명하고자 한다. 이와 같은 시인의 의향을 상징적으로 대표할 만한 시를 한 편 인용해보도록 한다.

　　평원 저 끝에서 안개비가 달려온다. 끝없는 초원, 똑같은 초원, 시간도 멈춘 것 같다. 늪이 되어버린 초원길에서 헛바퀴 구르며 빠지는 자동차들. 끌어내고 빠지고 끌어내는 사이 하루가 노을 속으로 감춰지고 있었다. 멀리 끊임없이 석유 굴착기들 돌아가고 초원이 새빨갛게 타들어갔다.

　　매닝평원을 가로지르는 말,
　　'하루 종일 달려

불 켜진 게르에 들어가니
아침에 떠난 마을'

  헛바퀴 돌던 차들 방향 잃고 달린다. 어둠 속에 누워 있
던 가젤들이 헤드라이트에 쫓겨 방향 없이 허둥거린다. 내
비게이션도 길을 잃었다, 어딜 가나 똑같은 어둠. 지워진
지평선. 중국행 송유차들이 깊게 파놓은 흙길을 따라가도
새까만 어둠뿐. 은하수도 멀리 돌아 흐르고. 초원은 깊은
숲이 되었다.

―〈초원 3〉 전문

  티베트에 가면 제3극이라는 미지의 극지가 있다는
말이 떠오른다. 티베트 장북고원 해발 5,000미터 지점.
시곗바늘도 멈춰버리고 나침반도 방향을 잃어버리는
곳. 그런 곳이 있다는 말을 들은 적이 있다.
  위의 시에 등장하는 매닝평원은 '끝없이' 펼쳐진 초
원의 땅이다. "'하루 종일 달려/불 켜진 게르에 들어가
니/아침에 떠난 마을'"이더라는 곳이다. 이 시에서 시
인은 시간이 멈춰버린 듯한 '환각'을 경험한다. "끝없는
초원", "똑같은 초원" 속에서 자동차는 헛바퀴를 구르
고 "똑같은 어둠" 속에서 내비게이션도 방향을 잃는다.
바야흐로 "초원은 깊은 숲이 되었다".

초원이 늪 같은 숲으로 변해 위치도, 길의 방향도 잃어버릴 곳에 다다랐다는 것. 그러나 이 '위기'는 차라리 시인이 바라던 것이었으리라. 그럼으로써만 얻을 수 있는 어떤 효용이 있기 때문이다. 이와 관련하여, 다음과 같은 시 한 편을 참조해볼 수 있다.

숲속 나무 집에서 나와 멀리 호숫가를 걸어가 본다
아무도 없는 어스름. 비밀에 쌓인 공기
투명한 막

호수 한가운데 끊임없이 일렁거리는 것은?
푸른 호수 푸른 공기 푸른 하늘을 사르며

어젯밤 물새 떼가 소란스러웠다
떠나는지, 새벽까지
호수에서 올라오는 소리가 허공을 흔들었다

호수에 가느다랗게 푸른 줄이 올라선다
붉은 달, 수평선에, 하늘에, 호수에

세 개의 달 아래
나는 한 줄로 서 있다

달 아래 한 생을 거쳐온 무수한 시간들이
서로 비춰며 떠오른다

맑고 평온한 고독.

—〈흡수굴〉 전문

이 시의 마지막 구절은 평범해 보이지만 쉽게 건질
수 없다. "맑고 평온한 고독"이라. 이에 이르기까지 시
인은 초원에 둘러싸인 몽골의 한 호수에 이르는 여정을
거쳐, 새벽에 홀로 깨어나 호숫가를 거닐며 자신이 갈
망하는 것이 무엇인지를 더듬어 찾았다. 그때 새로운
세상이 그녀 앞에 나타난다. 한밤의 달의 시인 이백과
달리 '취기' 없는 맑은 정신으로 발견한 세 개의 달 아래
그녀는 섰다. 이 이국적인 세계의 달빛 아래에서 시인
은 깨닫는다.

자신이 떠나온 세계의 선형적이면서도 분절적인 시
간과는 다른, 유구한 시간들의 존재를. "한 생을 거쳐온
무수한/시간들"에 대한 인식에 다다름으로써 시인은
비로소 참다운 안식, "맑고 평온한 고독"의 상태를 맛
본다.

4.

　한편, 길고도 먼 여정과 사색들은 불가피하게 이 시
집의 시들을 몽타주적 구성에 이끌리게 한다. 몽타주란
모아놓는 것, 짜 맞추는 것이다. 그것은 여러 예술 장르
에 걸쳐 다양한 형태로 변주되어 나타나며, 특히 영화
에서는 정지 화면들의 단속적 연속으로 표현된다. 시에
서도 몽타주는 여러 차원에서 다양한 형태로 변주될 수
있다. 이 시집에 나타나는 몽타주적 구성의 제1형태는
시인이 겪어간 '사건'들의 가장 인상적인 장면들을 연의
흐름에 따라 연속적으로 제시해간 것이다. 그럼으로써
시는 서경적 영화의 장면들을 모아놓은 것 같은 구성을
갖게 된다. 예를 들면 다음과 같은 시다.

　　초원 끝에
　　두 사람,
　　마주 달려가고 있다

　　비안개 속에 겹친다
　　뭔가 서로 주고 준다

　　안개 속에 다시 말을 타고

왔던 곳으로 다시 달린다

광활한 바람
사라졌던 지평선이 팽팽히 늘어난다

—〈지평선〉 전문

이 시는 지평선 끝에 나타난 말 탄 사내들이라는 '사
건'을 제시한다. 이 '사건'의 전체 스토리를 시는 단 네
연의 장면적 서술에 압축해 보인다. 그럼으로써 지평선
의 광활함과 그 속에 흐르는 긴장의 포착이 극대화되는
양상이 나타난다.

몽타주의 심미적 효과는 그것을 보거나 읽는 이들에
게 강렬한 인상을 남긴다는 것이다. 몽타주를 구성하는
서술들, 시구들이 연속적으로 병렬(또는 병치)될 때, 그것
들 각각은 이를 접하는 이들의 심중에 점층적인 '충격'
을 선사한다. 이 시집에 나타나는 몽타주적 구성의 제2
형태는 감각적 시구들의 연속적 병치라 할 수 있다. 다
음의 예들을 통해 이를 확인할 수 있다.

어둑하다. 나랑톨 시장, 인파, 양꼬치 굽는 장작불, 변두
리행 승합차, 떠날 때까지 외치는 차장들.

—〈게스트하우스〉 부분

술 공장, 높은 아파트, 정적 쌓인 눈길

골목을 돌면 빈집, 허물어진 벽
벽으로 기어드는 햇살
휘돌아가는 바람, 잊힌 대로
잊고 사는 무너진 사람들

—〈다르항에서〉 부분

노아, 새 눈으로 보는 석문
물덩이, 구름, 무지개

—〈구문소〉 부분

바람이 휘감는 황량한 고산길,
구름이 휘감는 거대한 눈덩이,

—〈설산 가는 길〉 부분

장맛비가 몰아친다.
흰,
도라지꽃 쑤욱 올라와 있다.

—〈도라지꽃〉 부분

이밖에도 남은 예가 많다. 손필영 시인의 시들은 마치 점묘파적 붓 터치처럼 자신이 본 물상들의 '인상'을, 때로는 한 행 안에서 쉼표를 활용하여 연속적으로 찍어내고, 때로는 행을 바꾸어가며 제시한다. 이는 또 때로 연과 연의 전개의 원리가 되기도 한다. 앞에서 말한 몽타주적 구성의 제1형태라는 것도 사실은 몽타주적 구성이 시 전체에 걸쳐 확장되어 나타난 결과라고 할 수 있다.

이 시집에서 그와 같은 몽타주적 이미저리와 시상이 절묘하게 결합된 시 한 편을 만날 수 있다.

단애,
자갈 박힌 붉은 진흙 길,
절벽에 뿌리 내린 나무 흔들리자, 바람이 분다

한 처녀, 꽃향기가 번진다. 붉은 진흙 길. 낙엽이 쌓이고, 바람 불고 자갈이 박히고 물 세차게 흐른다. 바람 불고 한 청년이 다가간다. 처녀는 오랫동안 간직한 꽃송이를 건넨다. 남자는 메마른 꽃송이를 도로 건네주고 가버린다. 그녀가 절벽에서 떨어진다. 폭포.

협곡을 따라 마흔아홉 번 휘돌아
오십천,

바다로 들어가는 세월,

오십천,

미인송 붉게 절벽을 돋우는 사이

그 아래 범의꼬리 물고 피어나는 구절초.

아, 아,

폭포 소리

오래 절벽에 붙어 있다.

　　　　　　　—〈통리협곡에서 – 미인폭포〉 전문

　이 시는 가파른 산길의 풍경들을, 거기에 깃들어 있
는 이야기와 함께, 시행 및 연이 전개됨에 따라 연속적
이미지로 병치적으로 제시해간 것이다. 그 끄트머리에
매달려 있는 "폭포소리"가 절묘하기 그지없다. 그 소리
"오래 절벽에 붙어 있다".

　5.

　시인이 찾아가는 멀고 긴 여정에는 역사의 흔적들도
깃들어 있다. 몽골에도 태평양전쟁의 기운은 남아 있고
《솜베르 솜》연작 1~4), "갈등재"《〈갈등재〉)라는 곳에는 시인
의 증조부의 사연이 깃들어 있다.

하지만 시인이 추구하는 순례는 역사적 인간을 향하지 않는다. 역사는 사람들, 자연의 물상들을 지리적·시대적으로 분할하고, 갈등과 반목, 유대 같은 것들을 만들어낸다. 손필영 시인은 그러한 역사적 분할의 한계 너머, 인간이 "유적"과 같은 존재의 차원으로까지 '역행'하여 자연적 존재로 거듭나는 행로를 추구한다. 다음의 시는 그러한 시인의 순례의 의미를 잘 드러내고 있다.

바람이 휘감는 황량한 고산길,
구름이 휘감는 거대한 눈덩이,

만년설산 거꾸로 서 있는 호수에 들어앉았다가 구름 따라 일어선다, 가슴 베이며
빙하 물에 밀릴수록 설산에서 멀어진다. 빙하 물길 따라 흔들리는 풀꽃들.

하얀 솜 조각 꽃잎
빙하 물에 물든 새파란 꽃잎,
손톱보다 작은 수만 꽃잎들
한 잎 한 잎 다른 빛을 뿜어내고 있다.

계곡에 넓게 퍼진 빙하 물을 건넌다. 잠긴 발목에 얼음
이 배긴다. 풀꽃 스친 바람이 달려와 핥아준다. 온몸 타고
오르는 찌릿한 기운. 내 발이 뿌리? 풀꽃처럼 피라고요?
보는 이 없어도, 제 빛을? 얼음물에?

—〈설산 가는 길〉 전문

    설산 가는 길은 빙하물길 따라 흔들리는 풀꽃들처럼
그 자신 또한 풀꽃처럼 새롭게 피어나기 위한 여정이
다. 이 여정 속에서는 국가적·국민적 경계의 내외부가
없고, 사람들은 자연이라는 전체를 이루는 '파편'들로
서, 고립적 개체이되, 타인들, 다른 물상들과 함께 공존
하는 존재가 된다.
    하나의 예를 더 들어, 다음의 시에서 보듯이 한국 강
원도 점봉산 초원에 피어난 풀꽃과 머나먼 다리강가 호
숫가에 피어난 풀꽃은 한 번도 서로 만나지 않았지만
'본질상' 동격이 되기도 한다.

    찬바람 가시지 않은 아침부터 누가 부르고 있다. 잠자리
를 털고 보이지 않는 소리 따라 밖으로 나가본다. 보이지
않는다. 호숫가로 호숫가로 이슬 흔드는 풀잎 털며 걸어가
도 보이지 않는다. 아, 호수 옆에 서 있는 어수리 궁궁이.
하얗게 흔들리는 산다형 꽃잎은 어쩜 그리 같을까? 점봉산

초원에서 만난 듯, 강원도 도롯가에서 만난 듯. 멀리 알탕
어워가 햇살에 금빛을 쏘아대는 동안 다리 강가에서 만난
새도 꽃도 바람도 내가 온 곳에서 보낸 듯하다.

　　　　　　　　　　　　　　　　　—〈다리 강가의 바람〉 전문

　이렇게 인위적 경계를 허문 곳에 자연과 사람이 하나
를 이루는 〈설산 가는 길〉의 '풀꽃 되기'가, 그리고 다음
과 같은 시에 나타나는 기쁨의 차원이 나타날 수 있다.

　　그 바람이 어찌 좋던지
　　사람들은 매봉산으로 가네

　　그 바람이 어찌 좋던지
　　온 산 뒤덮은 배추는 돌을 뚫고 오르네

　　그 바람이 어찌 좋던지
　　꽃이란 꽃은 보랏빛으로 피네

　　　　　　　　　—〈그 바람이 어찌 좋던지 – 매봉산에서〉 전문

　이 시집은 이러한 '역행'을 통한 인간의 "유적"의 기

원을 향한 여정을 그린 국면들을 담고 있다. 그 "유적"
이 담긴 곳을 향해 가 스스로도 풀꽃이 되는, 최근에 빈
번하게 거론되곤 하는, 들뢰즈 철학의 '되기'를 통하여
우리들의 현재적 삶의 한계와 덧없음을 깨달아나가는
것이다. 이 '역행'적 과정의 지속성과 성실함으로 인해
이 시집은 최근 유행을 이루는 시집들로부터 간격을 확
보한 채 돌올한 거처를 마련한다.

필자가 문단 일에 지금보다도 밝지 못하던 시절, 어
디 있었는지 모르는 시인들이 나와 시집을 내곤 했다.
약력을 보면 저마다 각자의 내력이 있었다. 신춘문예
같은 곳에 당선된 적이 있고 시집도 이미 한 번이나 두
번은 냈고 문단에도 존재가 알려져 있었다. 필자가 몰
랐던 것은 자기의 좁은 견문에 매여 있기 때문이었다.

손필영 시인이 바로 그런 사람일 것이다. 시를 웬만
큼 아는 사람들의 귀에도 익숙지 않다고 생각할 수 있
다. 바로 그런 때 주의해야 한다. 시 세계에 알려져 있다
는 것은 자기에게 알려져 있음이요, 자기의 독서나 관
계 범위가 가리키는 앎일 뿐인 경우가 많다.

이 시인을 생각하면 높은 산속 자그마한 샘에서 발원
한 물이 골을 이루고 멀리 흘러가며 휘감기고 파이는
굽이마다 깊은 웅덩이를 이루는 물길의 여정을 생각하
게 된다. 이 웅덩이 하나가 바로 이 시인이다. 보이지 않

는 듯, 그러나 깊은 웅덩이에 구도자적 순렛길을 그러 안고 있는.

(방민호|서울대학교 국어국문학과 교수, 문학평론가)